人生の指針123

五十嵐 政行
Masayuki Igarashi

明窓出版

人生の指針123

目次

まえがき……11

第一章　人は何のために生きるのか

一　人は何のために生きるか……14
二　自己を高める……15
三　人のため世の中のために貢献する……16
四　混迷……17
五　人生の基本……18
六　闇のなか……19
七　魂の叫び……20
八　人生修行……21
九　心の重荷……22

一〇 政治の混迷……23
一一 日頃の修養……24
一二 大人になってからが勉強……25
一三 限りなき高み……26
一四 大人こそ学び……27
一五 十年の精進……28
一六 読書①……29
一七 仕事……30
一八 惰性……31
一九 やりたいことを見つける……32
二〇 人生の目標……33
二一 心の修養①……34
二二 心の清らかさ、心の静けさ……35
二三 災い……36
二四 劣等感もまた良し……37
二五 処世……38
二六 根本なるもの……39
二七 質の高さ……40

二八　教育……41
二九　人生問題……42
三〇　荒波……43

第二章　軽やかな心

三一　精神論の効用……46
三二　昨今の風潮……47
三三　志・夢・目標……48
三四　精進……49
三五　実力……50
三六　才能……51
三七　付加価値を伴った判断……52
三八　軽やかな心……53
三九　生きる指針……54
四〇　答えのない問題……55
四一　書くこと……56

四二　虚しさ……57
四三　聖賢の教えとの出会い……58
四四　躓《つまず》き……59
四五　肉体人間の身……60
四六　読み考える……61
四七　空回り……62
四八　良き言葉……63
四九　本……64
五〇　自己研鑽……65
五一　人生哲学……66
五二　道徳指導……67
五三　社会問題の根因……68
五四　道徳の指針……69
五五　大成……70
五六　経験……71
五七　一流……72
五八　利他の心……73
五九　湧き出る智慧……74

六〇　心の修養②……75

第三章　新たな局面

六一　春のような心……78
六二　成功……79
六三　遅き成功もまた良し……80
六四　三年十年……81
六五　自ら意志する……82
六六　抗議……83
六七　ここで終わりとなっても……84
六八　まず心の静けさ……85
六九　妨げ……86
七〇　議論に怒りは禁物……87
七一　結局何を成し遂げたか……88
七二　次なる段階……89
七三　有効な対策……90

七四　避けられない運命……91
七五　傑作……92
七六　心境の基礎……93
七七　心の静けさの力……94
七八　心の静けさ失われれば……95
七九　心の静けさと内なる智慧……96
八〇　心の静けさと執着……97
八一　国と心の向上……98
八二　実感としてわかる……99
八三　大成功時の準備……100
八四　予想される事態とは……101
八五　新たな局面……102
八六　創造の一方法……103
八七　言葉として教訓をつかむ……104
八八　経験を注意深く見る……105
八九　最後の一線は守り抜け……106
九〇　いかなる理由もなし……107

第四章　内なる智慧をもって読み解く

九一　怒りの爆発……110
九二　悪しき自然主義……111
九三　社会の混乱要因……112
九四　実学と道徳学……113
九五　日の目見なくとも……114
九六　国民の心と政治……115
九七　良き世の中のために……116
九八　一般大衆と思想……117
九九　もはや真似されざるもの……118
一〇〇　国を思う心……119
一〇一　教育と国家繁栄……120
一〇二　おそるべきもの……121
一〇三　教えの会得……122
一〇四　苦しいこと……123
一〇五　政治……124

一〇六　本来の世の中……125
一〇七　聖賢の教え……126
一〇八　内なる智慧をもって読み解く……127
一〇九　日々着実に……128
一一〇　道理に対する感覚……129
一一一　読書②……130
一一二　静寂……131
一一三　深いところ……132
一一四　音について……133
一一五　これからの日本……134
一一六　生命と使命……135
一一七　努力と成果……136
一一八　それだけでも……137
一一九　ひとつの通過点……138
一二〇　人生模様……139
一二一　出会い……140
一二二　天職……141
一二三　神への祈り……142

まえがき

この世の人生を生き抜いていくということは、かなり厳しいものがあると言わざるを得ないのではないか。

これは江戸時代であれ、明治時代であれ、平成の時代であれ、これからの令和の時代であれ、この厳しさの本質は何ひとつ変わることがないように思われる。

多くの人は歯を食い縛って必死に生きているのが現実ではないか。

現代はかなり文明の発達した時代ではあろうが、その大量に溢れる情報のなかで、かえって人間としての生きる方向性が見えにくくなっている側面もあるように思われる。

本来、人間の生き方の基本となるところは、どのような時代であれ変わることがないのではないか。

人間としての生きる方向性がわからないまま、数十年の人生を生き、そのなかで様々な問題、困難と相対していくのは、かなり厳しいものがあると思われる。

人間としての生きる方向性を知ったからといって、いきなり何もかもがハッピーとなるわけではないが、それを知ることによって、問題や困難を自己を高めるために活用していこうという発想は生まれてくる。

生きる方向性がわからないと、困難は絶望以外の何ものでもないということにもなる。

少しばかりでもこの書が、人生を生き抜くための後押しの役割となれば幸いである。

令和元年五月十日

五十嵐　政行

第一章　人は何のために生きるのか

一　人は何のために生きるか

これは大きく二点に集約される。ひとつは自己を高めるためである。もうひとつは、人のため世の中のために、何らかの良き貢献をしていくためである。人間は、この二つの方向性を持って人生を生きる使命がある。

二　自己を高める

この中心は、人格を高める、自己の道徳性を高めるということである。さらには、自らが携わる仕事上の知識、技術を高めるということも含まれる。

三　人のため世の中のために貢献する

これは、利他の実践である。自己を高めながら、人のため世の中のために貢献していく使命が人間にはある。

四　混迷

「人は何のために生きるのか」これが見失われると、人心は乱れ、世の中は混迷してくる。この地上に生を享《う》けておりながら、「人は何のために生きるのか」がわからない。これが諸悪の根源である。

五　人生の基本

人生を生きていくうえでの基本となる考え方はやはりある。これは特定の価値観の押しつけではなく、基本の修得ということである。何事も基本の修得なしに上達することはない。これはよりよい人生を生きるうえでも全くあてはまることなのである。

六　闇のなか

「人は何のために生きるのか」これがわからぬまま生きているのは、闇のなかを彷徨《さまよ》っている状態に等しい。どこに向かえばよいかがわからない、生きていること自体が何が何だかわからない。この虚しさから、人は自暴自棄になったり、無気力状態になってしまうのである。

七　魂の叫び

若い人で荒れた人生を生きている人もいるだろうが、これなどは、「人は何のために生きるのか」という人間にとって最も根本的なことが教えられず、ただ国語、数学、理科、社会などを延々と教えられることに対して、「それは違うだろう」という魂の叫びである。

八　人生修行

人生には、自己を高めるための人生修行という側面が厳然としてある。現代は文明も進み、娯楽も溢れ、一見楽しく生きられそうに錯覚しがちではある。しかし、自然の摂理によって、その人の力量に応じた人生問題が現れてきて、それを解決せねばならぬようになっているのである。甘い幻想は抱かぬほうがよい。

九　心の重荷

聖人や賢人の教えを学ぶことによって、心の重荷を軽くすることはできる。しかし、心の重荷が全く無くなるわけではないのである。この世界には、自己を高めるための修行の場という側面があるのだ。重荷が全く無ければ修行とはならない。人生には、問題、困難と格闘して、力を養っていかなければならない側面があるのである。

一〇　政治の混迷

日本の国の大きな方向性を決める政治がなかなかまとまらないのは、国民ひとりひとりが、人間の生き方の根本の根本のところをつかんでいないにもかかわらず、ただ具体的な様々な事柄だけを議論して決めようとしているところに大きな原因があるのではないか。

一一　日頃の修養

武士であれば、常に刀を磨いて、いつでも戦える状態にしておく必要がある。それと同じく、人は常に聖賢の教えの学びに努めて、いつでも人生の諸問題、様々な場面に対応していけるようにしておく必要があるのである。これを怠っていると、いざ問題や困難が現れた時に、どうしてよいかがわからなくなる。

一二　大人になってからが勉強

基本的に学びとは日々のものであり、一生涯のものである。学校を卒業すれば、もう勉強しなくてよいなど、安易な誤解である。なぜなら、社会に出てからのほうが、様々なより複雑な問題に対処せねばならないからである。大人になってからこそ、より本格的に聖賢の教えを中心とした人間学、仕事上の専門学を深めていく必要がある。その積み重ねのなかでこそ、人生上や仕事上の問題に対しても、適正なる対処をしていくことができるのである。

一三　限りなき高み

実用的な学び、実用的な技術の修得だけでは、人間的にも、専門的にも限りなく向上していくことは難しい。学びの中心には聖賢の学を据えねばならないのだ。この学びを中心に据える時、これまで見えなかったものが見えてくる。これが人を限りなき高みへと誘う。

一四　大人こそ学び

　大人になってからも学びであり、教育であるという視点が大事だ。大人が聖賢の学びに努め、人格修養に努めるという意識がないのに、子供、青少年にだけ、「しっかりしなさい」と言っても無理というものであるし、世の中がよくなっていくわけもないのである。

一五　十年の精進

真に志すものがあるならば、最低十年の精進は必要ではないか。その間、全く芽が出なくても耐え忍ばねばならない。外面の変化はなくても、着実に前進しているのである。内部において確実に培われているものがある。それが不動の実力となって、長く成功を継続していく力ともなる。

一六　読書①

読書の効用には、底知れぬ奥深さがあるが、心境の向上のためには、聖賢の書を「学び考える」ということを、手間はかかるが丁寧に積み重ねていく必要があるのではないか。単なる多読では、知識を得ることはできるが、心境の向上にまではつながらない。孔子の「学びて思わざれば則《すなわ》ち罔《くら》し」とはこのことを言ったものではないか。

一七　仕事

仕事とは、真理修得の場であり、利他の実践の場である。本質はそこにある。天職とは思えない過渡期の仕事であっても、やがて天職を果たしていくうえで必要な実力研鑽が、見えざる導きのもと行われているのである。

一八　惰性

惰性で生きていたのでは、苦労、努力している割には、あまり多くのものを得ることはできないものだ。実現できるできないは別として、人生の大目標を掲げて歩む時、案外多くのものを得ることができる。

一九　やりたいことを見つける

やりたいことを見つけるとは言っても、必ずしもそれがすぐに見つかるとは限らない。場合によっては、十年二十年と求め続けたのち、それが明らかになるということもある。それ自体を忍耐強く求め続けるという面も必要である。若くして天職を見出し邁進していく人生もすばらしいが、遅くに天職を見出す人生も独特の価値があるものである。

二〇　人生の目標

人生の目標とは、世間一般の価値観、時代の風潮に合わせて掲げられるものではない。自ら、心の奥底からこれを成し遂げたいと思うものをもって人生の目標とすべきである。

二一　心の修養①

人間は、聖賢の教えを指針として、常に心の修養に努めていく必要がある。人間の心は、自然のまま放置しておいたのでは、必ずしも良くはならないのである。庭を自然のまま放置しておいたのでは、雑草が生え放題になるようなものだ。そして、それは必ず運命の低下を招くのである。

二二　心の清らかさ、心の静けさ

心の清らかさ、心の静けさを保つ修養もまた大事である。これが失われた状態では、勉強努力をしても、今ひとつ心が高みに昇りきれない面がある。

二三　災い

たとえ法律に反していなくても、道理に沿わない考えは災いを招く。

二四　劣等感もまた良し

身体が弱いと自覚する者が、日々の鍛練をすることで、いつしか常人の域を超え、オリンピック選手となることもある。自分は何の取り柄もない、このままでは駄目になるという劣等感、危機感から何らかの精進を切実に積み重ねることで、気が付けば、日本の、世界の実力者となっていることがあるのである。

二五　処世

社会に出てからは、特定の学科の勉強に優れる、特定の才能に優れるというだけでは、対応していくことが難しい。必然的に人生全般にかかわる指針をもって対応してゆかざるを得なくなる。そういう意味では、学生時代から、人生全般にかかわる学を少しずつでも学んでいく必要がある。

二六　根本なるもの

過渡時代には、いろいろなものを頼りにしたり、様々な試行錯誤もあるだろうが、よく人生を生きる力を養ってくれる根本なるものは、やはり聖賢の学ではないか。

二七　質の高さ

雑多な説教を百回聞くより、質の高い一回の話がその人の人生の流れを根本的に変えてしまうことがある。

二八　教育

人の本心に耳傾け、それがどういうものであれ受け止め、そして、導きの言葉を与えるのが教育である。あらかじめ与えられたテーマを一方的に教え込むこととは限らないのである。

二九　人生問題

人生問題の答えは、必ずしも一つではない。だから、それに答えると言っても、あくまでもひとつの参考意見を述べるということなのだ。

三〇　荒波

社会に出てからの荒波は想像以上に厳しい。これをよく生き渡っていくには、より高次な考え、哲学に耳傾けていかなければ難しい。

第二章　軽やかな心

三一　精神論の効用

実用の学、技術に優れれば、すぐに役に立ち、すぐに成果を出せる。しかし、人生経験、仕事経験を積み重ねていくなかで、それだけでは限界を感ずるようになる。その時に、抽象的で精神的で一見直接には役に立たないような原理原則の学が効いてくる。この原理原則の学を把握しておればこそ、様々な問題、事件に対して、的確なる対応をしていくことができるのである。

三二　昨今の風潮

今、様々な政治運動、社会運動、企業活動が活発に行われているとは思うのだが、そのなかで「まず聖賢の教えの学びに努めて、己の心を整える」ということがほとんど聞こえてこないというのは、本来のあり方から言えば、かなり歪《いびつ》な状態ではないか。

三三　志・夢・目標

自分自身が本当に心の奥底から成し遂げたいと思うものを志として掲げるべきである。それは、これを成し遂げたならば、人生を終えても悔いはないというものである。

三四　精進

精進を継続してゆけば、さらに向上してゆくことができるけれども、精進を停止してしまえば、それは現状維持ではなく、後退、退化なのである。

三五　実力

十年間の精進は非凡なるものを生み出す。それをやった者とやらない者とでは全く境地が違うものである。しかし、十年かけて築いた実力も、怠ればたちまち錆びついてしまう。いかなる実力も精進の継続のなかでこそ維持されていく。

三六　才能

三年熱意を持って取り組めるものは、神から与えられた才能である可能性がきわめて高い。

三七　付加価値を伴った判断

内なる智慧が活発に湧き出る境地、これはきわめて尊い。判断に際しても、この智慧が働く時、それは未来につながっていくような付加価値を伴った判断となっていくのである。

三八　軽やかな心

正しき精進は歓喜そのものである。それは、どんよりとした曇り空から解放されて、春の陽射しを受けて、心軽やかとなる感覚である。

三九　生きる指針

古代であれ、近代であれ、現代であれ、物質的に豊かな時代であれ、貧しい時代であれ、人は成長し、大人になり、社会に出ていくということは、変わることがない。そして、社会に出てゆくと、人生の荒波は容赦なく押し寄せてくる。その時に、人生を生きる普遍的な指針を持ち合わせていないと、どうしてよいかがわからなくなってしまう。

四〇　答えのない問題

学生時代は主として解答のある問題を解いていく。しかし、社会に出ると、はっきりとした答えのない問題を解いていく必要がある。

四一　書くこと

社会に出ると考える力が重要になってくる。しかし、この「考える」ということは案外難しい。そこで、「書くこと」がひとつの助けとなるのではないか。書くことで頭で考えていたことが、より整理され明確になってくる。頭の中で考えているだけだと、まだまだぼんやりとしているものである。

四二　虚しさ

「人は何のために生きるのか」この根本がわからないと、勉強をしていても、遊んでいても、仕事をするにしても、すべてが虚しいと感じてしまうことがある。特に、このことに敏感なタイプの人間もいるものである。

四三　聖賢の教えとの出会い

聖賢の教えとの出会いは、これまでの人生の霧が晴れて、進むべき方向を見出したという大きな喜びをもたらすものである。新しい人生の始まり、希望の人生の始まり、まさに新鮮なる感動がある。しかし、その教えを具体的に現実に人生を生きる力、仕事をしていく力としていくには、さらに多くの時間を要するものである。

四四　躓《つまず》き

躓きにも学びあり。その学びが自己向上である。

四五　肉体人間の身

肉体人間の身であること自体が、きわめて厳しい修行環境にあることを意味する。肉体人間には、生存のための肉体的本能がある。気を緩めれば、その虜となり、たちまち転落してしまう。これは、いかに心境が高まっても、消滅することはないのである。これは、よく心して適切に統御していく以外にないのである。

四六　読み考える

聖賢の書は、ただ十冊読破した、百冊読破したでは済まないところがある。手間はかかるかもしれないが、教えのひとつひとつについて、よく考えるという面が必要である。この教えに照らして、これまでの自分はどうであったか、これから自分はどう生かしていくかを考える必要がある。そうすることで、文字の背後にあるものを読みとることができ、自分の力にしていくことができる。

四七　空回り

静かに自らの良心に照らして考えれば、自ら語っている言葉が説得力があるかないかわかるものである。いかに言葉多く語っても空回りしている感覚、いかに強い言葉で語っても空虚な感覚、これでは説得力を持って伝わらないものだ。

四八　良き言葉

良き言葉とは、人に対しても説得力を持つかもしれないが、自分自身に対しても説得力を持つものである。発した自分自身が、その言葉を永く味わえるものである。

四九　本

常に座右に置いておき、繰り返し読みたいと思わせる本も確かにある。いっぽう、おもしろく、いいことも書いてあるが、一度読めば十分という本もある。

五〇　自己研鑽

自己研鑽は利他へとつながってこそ意義がある。ただの自己研鑽だと、やれどもやれども向上せずという袋小路に入ることになる。

五一　人生哲学

人生哲学は全くごまかしがきかない。それは、その人が人生においてて長年考え続けてきたこと、行ってきたこと、努力してきたことの総合力が現れてくる。いかに美辞麗句を並べても、その人格に深く根差したものでなければ、全く人の心に響かない、全くおもしろみがない。

五二　道徳指導

長年に渡り、道徳、人としての生きる道を尊び、その涵養《かんよう》に努めてきた者でないと、なかなか人に対する道徳指導は難しい。普段それを意識していない者が、目の前の悪い行為を目撃して注意したとしても、今ひとつ説得力を持たない。道徳の教えなど、きわめて当たり前のことであり、馬鹿にされがちだが、常にこれを意識している者でないと、いざ言葉としても今ひとつ説得力を持たないものである。

五三　社会問題の根因

「道徳の教えなど当たり前のもの、あらためて教えるまでもない、もっと具体的な大事なことがある」

こういう風潮が長らく日本を蔽《おお》っていたのではないか。この風潮が積み重なった結果、様々な社会問題や事件が、気がつけば起きてくるようになったのではないか。

五四　道徳の指針

道徳の指針により、自己の心境を高めようと意識していても、実際なかなかそれは難しいものだ。まして、心に道徳の指針が与えられていなかったら、心のなかは、したい放題になりがちである。道徳の教えなど、当たり前のものと軽く見られてきた面があると思うが、この当たり前に見えるものが、実際は教えられないと、案外、人は良くなっていかないものである。人は自然に置かれたままでは、必ずしも良くなっていかないのである。

五五　大成

アルバイト的な意識では、どれほど頭が良くても、どれほど専門知識、技術が優れていても、どれほど教養があっても、大成することはない。これが自己の天職である、自分はこの仕事に全力を尽くすのであるという意識がなければ、仕事での大成はない。

五六　経験

聖賢の書を読んでいる時だけが学びではない。聖賢の教えをベースとして、様々な人生経験のなかから教訓を読み取っていくこと、これも学びである。これも自己向上の道である。

五七　一流

万能の天才は少ない。広くいろいろな分野に手を出し、そこそこのものを創るよりも、ひとつの分野に徹し、圧倒的なる一流品を創ることだ。

五八　利他の心

人のため、世の中のためにと利他行を実践しようとすれば、自らの心を整えざるを得なくなる。これを忘れると、世の中のためにということが、かえって害毒を撒き散らすことになる。

五九　湧き出る智慧

外界の出来事、問題ばかりを追い回して、解決しようと焦っても、必ずしも良き解決が得られるものではない。深いところから内なる智慧が湧き出てくるように、心を研ぎ澄ます精神修養が必要である。

六〇　心の修養②

内なる智慧がよく湧き出るようにしていくためには、常に心を清める、心を高める、心の静けさを保つということに努めていく必要がある。

第三章　新たな局面

六一　春のような心

春の陽射しを受けて、すべての生命が生き生きとしてくる感覚、春の陽射しを受けて常に暖かな感覚、これが本来の心の感覚である。しかし、ただ自己流に生きているだけだと、心はいつもどんよりとした曇り空の日々となってしまう。そして、もうそれが当たり前のようになってしまう。

六二　成功

人は成功を夢見るが、成功とは必ずしもバラ色の日々ではない。成功のなかを漕ぎ渡っていくこともなかなか難しい。それは新たな人生修行の局面が訪れたと考えたほうがよい。

六三　遅き成功もまた良し

十年二十年三十年と努力精進しても一向に芽が出ないこともまた良しだ。その間、着実に実力が養われていることは間違いない。いつか世間に認められる成功が実現しても、不動の実力が養われているので、成功を継続していくことができる。十分な鍛練を経ていない大きな成功は、かえって不安である。

六四　三年十年

三年続けられるものは、その方面に何らかの天分があるということを物語っているのではないか。しかし、一定の壁を越えた実力を養っていくためには、少なくとも十年の精進を要する。

六五　自ら意志する

内なる智慧が湧き出る境地になったとしても、何もせずただぼんやりとしているなかで、次から次へと良きアイデアが湧き出てくるわけではない。まず自ら意志して考える、自ら意志して行動する、そのなかでこんこんと良き智慧が湧いてくる。まず自らが蛇口を捻《ひね》る、さすれば水は自然に流れ出す。

六六　抗議

どのような立場であれ、不当な言動に対しては、抗議するという場面がある。しかし、元々は正義の心からの抗議も、議論のなかで心が怒りにとらわれてしまうと、単なる喧嘩となって成果が上がらなくなる。それは高級波動から遠ざかるからである。議論も、心の静けさ、心の平安というものをしっかりと確認しつつ為していくべきである。

六七　ここで終わりとなっても

この世に生を享けて、最低限これだけの事は成した、よっていつ死んでも悔いはないという境地には到達したいものである。

六八　まず心の静けさ

心の静けさ、心の平安が失われた状態であくせく動き回っても、今ひとつ成果は上がらない。まず心の静けさ、心の平安を守ることだ。そこから良き成果は生まれてくる。イライラした心で速く多く動くより、心の静けさを守って普通に動いたほうが良き成果が現れてくる。

六九　妨げ

イライラ、焦りなどにより、心の静けさ、心の平安が乱されると、それだけ内なる智慧の発現が妨げられる。

七〇　議論に怒りは禁物

感情的な怒りにとらわれれば、その議論は敗れたりということだ。なぜならそこに内なる智慧はないからだ。

七一　結局何を成し遂げたか

忙しく生きてはきたが、結局自分は何を成し遂げたのだろう、これでは虚しい。

七二　次なる段階

聖賢の教えは、どのような立場の人にも必要な人生の道しるべである。さらにこれを明確な人生の目標を持って学ぶ時、より自らの血肉となり、実力を向上させていくことができる。

七三　有効な対策

良き事であれ、悪しき事であれ、まず静かな心で、相手の話をよく聞き、正確に状況を把握することが大事である。正確に状況を把握してこそ、有効な対策を打っていくことができるのである。

七四　避けられない運命

長く厳しく直面する問題は、出会うべくして出会った、あらかじめ予定されていた運命なのだろう。これは避けることができないものなのだろう。これは覚悟を決めて、乗り越えていくしかない。

七五　傑作

真なる傑作は、心境の高まりとともに生まれる。

七六　心境の基礎

心境の基礎が形創られていなければ、どれほど気合いを入れて頑張っても、どれほど量的な努力をしても、真に価値高きものは生み出せない。

七七　心の静けさの力

心の静けさを保つ修養も継続していくと、日に日にその功徳、その威力が増してくる。

七八　心の静けさ失われれば

いかに常日頃、知識を学ぶ、心を清める、心を高めるなどの努力精進をしていても、心の静けさが失われれば良き仕事はできなくなる。

七九　心の静けさと内なる智慧

心の静けさが失われれば、内なる智慧は発現しなくなる。

八〇　心の静けさと執着

心の静けさを守っていくためには、第一義的なるもの、優先すべきものを見極めて、それを為し、第二義的なるものは思い切って捨てていくということも必要である。何もかもすべてを一気にやろうとすると、心にイライラや焦りが生じてくる。それではかえって結果はおもわしくない。まず第一義のものを取り、心の静けさを守っていれば、第二義以下のものは後日挽回できるのである。

八一　国と心の向上

この世においては、国あってこそ、人は自由に思う存分、心の向上を目指していくことができる。しかし、思想統制の強い国であったのなら、それがまだ神の心を体した思想であればよいが、それとは正反対のただ為政者に都合のよい思想、邪《よこしま》なる思想であれば、人は自由に心の向上を目指せなくなる。特に聖賢の教えを学ぶことを喜びとしている者にとっては、これでは生きていることに何の喜びがあるのか。だからこそ、国の政治、防衛、外交、経済等をいかにするかを考えていく必要がある。

八二　実感としてわかる

知識として知っているということと、心底わかるということは違うようだ。知識としては知っていたとしても、実感として心底わかるのは、二十年後、三十年後ということもある。

八三　大成功時の準備

大成功した時のことなどは、実際に大成功してから考えればいいという考えもあるだろうが、しかし、全くその時の準備がないまま、いざ大成功が実現してしまうと、うれしいというよりも、かえって戸惑ったり、不安になったりしてしまうものである。志ある者は、大成功時の心構えもあらかじめ準備しておくべきである。大成功が実現しても、平然と受け入れるだけの度量を養っておくべきである。

八四　予想される事態とは

大成功が実現した時にはじめて気付く問題もあり、実際、予想が及ばないことも多々起きることではあろう。それはその時に対応を考えていかねばならないが、予想される事態に対しては、今から対応を考えておく必要がある。

八五　新たな局面

成功には、富や名声、良き境遇が伴い、浮かれがちにはなるが、それはむしろ、新たな人生修行の局面が訪れたと、心引き締めて捉えるのが妥当である。

八六　創造の一方法

自ら創り出した物に対して、まず自分が感動を覚えるか、心躍るような歓喜を覚えるか、この観点で見てみることが大事ではないか。自分の職業はこれだからと何となく創造していても、人の心を打つものは創れないのではないか。

八七　言葉として教訓をつかむ

修養に努めて、ある程度言葉として教訓をつかむということが大事だ。そこまでゆくことが大事なのである。ただ厳しいことに耐えていくだけでは不十分である。

八八　経験を注意深く見る

ただいろいろな経験をするというだけでは、十分自分の力にはなっていかない。その経験をできる限り注意深く見て、言葉としての教訓をつかみ取ることが大事だ。これを精細にやればやるほど、自らの人間力は高まっていくのである。そして、この言葉としての教訓があるからこそ、人に対しても参考になることが語れるのである。

八九　最後の一線は守り抜け

実務仕事はなかなか難しく、イライラしがちな場面も多々あるものだが、最後の一線とでもいうべきところは是非とも守っていく必要がある。どんな場面とはいえども、怒りの感情をそのまま爆発させてはいけないのである。「断固心の静けさを守る」と意志して、何とか踏みとどまらねばならないのである。一線を越え、怒りを爆発させれば内なる智慧はしばらく発現しなくなる。これは内なる智慧を駆使して仕事をする者にとっては全く致命傷である。

九〇　いかなる理由もなし

いかなる事態も、心の静けさを失ってもよいという理由にはならないのである。

第四章　内なる智慧をもって読み解く

九一　怒りの爆発

怒りの感情を爆発させることは、吾が心の王国に、敵の侵入を許し、為すがままに蹂躙《じゅうりん》されることを意味する。こうなってしまうと、これを立て直し、正しき指導、統治を取り戻すには時間がかかるのである。

九二　悪しき自然主義

人間に善性があると言っても、自然に放置されたままでは、必ずしもそれはよく伸びていかない。たえず道徳的指針が与えられてこそ、それはよく伸びていく。田畑の作物も、ただ種を播いただけで、あとは放置しておくということでは、必ずしもよく育っていかない。

九三　社会の混乱要因

「人間は何のために生きているのか」がわからない人々の集団となったのでは、社会が混乱するのもやむを得ない。

九四　実学と道徳学

実学は、おもしろくなくてもそれをマスターしないことには仕事にならない。それでは職を失い、生活もできないということになる。それに比して、道徳学は、特に学ばなくても、仕事ができないというわけではないし、生活ができなくなるわけでもない。その教え方がつまらなければ、なおさら学ぼうとしなくなる。しかし、道徳学が抜け落ちているということは、長期的には仕事に人生に重大な支障をきたすようになるのである。

九五　日の目見なくとも

時代の風潮もあるだろう。自らの力量の未熟もあるだろう。結果として日の目を見ないこともあろうが、真に自分が価値あると思うものを存分に追究して、生涯を終えるということも大事ではないか。

九六　国民の心と政治

昨今の政治、政治家は劣化しているという意見もあるだろうが、政治や政治家は国民の心を映し出しているものであるから、国民も目先の利益を得ることにきゅうきゅうとしていると、国家の大計を考える人物よりも、目先の利益を与えてくれる人のほうを選んでしまう。

九七　良き世の中のために

悪しき事件が起きて、以後法律で取り締まるというだけでは、必ずしも世の中は良くなっていかない。それ以前に、道理としての善を求め、善を実行することを喜びとする人間づくりをする、そして、そういう人を増やしていくという大きな流れがあることが必要である。

九八　一般大衆と思想

宗教思想、道徳思想は知識階級だけのものではない。一般大衆がいかにそれらを指針として人生を生きていくかということも重要な問題である。

九九　もはや真似されざるもの

極度に研ぎ澄まされた内なる智慧を駆使して創られた創作物、芸術品は、全く独特なるもの、特異なるものとなり、もはや真似のしようがないのである。

一〇〇　国を思う心

国を思う人々の多い国は今後も発展していくだろうが、ただ個人が楽しく生活できればよい、ただ自分の会社が儲かればよいという人々の集団であったのでは、その国の未来はきわめて危ういものがあると見てよいだろう。気が付けば存続の危機に立たされていたということにもなりかねない。国あってこそ、今の当たり前の生活は成り立っているものである。

一〇一　教育と国家繁栄

教育によって国は栄えもすれば衰退することもある。専門的な学問や技術的な学問ばかりであって、聖賢の学のような人間学はほとんど為されないという状況では、その国の未来はきわめて危ういと見てよいだろう。こうした人間学、道徳学は生涯を貫いて為していくべきものであり、ただ学生時代に学んで終わりというようなものではないのである。

一〇二　おそるべきもの

教育は、ただ一個人の試験の良し悪しの問題ではなく、国家の存亡にもかかわってくるおそるべきものである。

一〇三　教えの会得

聖賢の書は、ただ通読的に千冊万冊と読んだだけでは、その教えを会得することはできない。その内容をすべて暗記したとしても、その教えを会得したというわけではない。それだけでは人間としての実力を養うということにはつながっていかない。それを会得していくためには、自分はこの教えをどう生かしていくかを切に考えることが必要ではないか。

一〇四　苦しいこと

日々生きていくなかで、嫌だとか、苦しいとか、不安だとか感ずることもあるだろうが、周りの人々も、まさにそういう感情を抱えながら、何とか生きているものである。

一〇五　政治

政治のなかに「本来人間とはいかに生きていくべき存在か」についての把握がないと、議論も枝葉末節に流れ、面白みも無くなり、政治に無関心な人が増えることになる。

一〇六　本来の世の中

本来ひとりひとりが「人間とは何のために生きているのか」を明確に把握して生きているということでなくてはならないのである。人間として生きておりながら「人間は何のために生きているのか」がわからないことが、普通、当たり前、そういうものという世の中であってよいわけがないのである。

一〇七　聖賢の教え

聖賢の書は、自らの心をもって会得していく必要があるのである。自らの心をもって、実感として、実体験としてつかむということが必要なのである。いかに聖賢の教えについて、いろいろな文献を引用して説明できたとしても、必ずしもその教えを会得していることにはならないのである。

一〇八　内なる智慧をもって読み解く

心の修養に努めて、内なる智慧がより活発に発現する状態になってくると、聖賢の教えの学びも、さらに質の高いものとなってくる。聖賢の書を読んでいても、いっそう気付きが多く深くなっていくのである。これは、初期の頃の聖賢の書を読書として読んでいる段階とは明らかに違うのである。心境の大いなる高まりのためには、この学びをさらに深化させていく必要がある。

一〇九　日々着実に

教訓を学び取るという作業は、日々着実に積み重ねていくしかない。それは、焦って、一気に大量に学び取ろうとしてもできるものではないのである。

一一〇　道理に対する感覚

聖賢の書を徹底して読むことによって、道理に対する感覚が自然に強くなってくる。そうすると自然自然に善なるものを好み、邪なるものを遠ざける心の傾向性が養われてくる。ところが、聖賢の学が衰えてくると、人々の道理に対する感覚が鈍くなり、いろいろ法律で取り締まっているわりには、今ひとつ世の中が良くなっていかないということになる。

一一一　読書②

一般的に読書は良いこと、本をたくさん読むことは良いことと見られるが、しかし、自らの内に聖賢の学によって、ある程度、善悪の価値基準が涵養《かんよう》されていないと、善き思想も悪しき思想も全く無抵抗に受け入れてしまって、必ずしも良き人格形成にはつながっていかないのではないか。

一一二　静寂

重要な創造作業に入る前は、できる限り心を静寂のなかに置くことだ。心の波動を乱すようなものは遠ざけることだ。それが、研ぎ澄まされた内なる智慧を発現させていくためには必要なことだ。

一一三　深いところ

聖賢の教えは、ある程度は言葉で説明することはできるが、それはある程度までである。その深いところは、自らが実感として会得していくしかない。

一一四　音について

テレビやラジオ、インターネットは便利な面もあるが、これらの音にどっぷり浸かるのは気を付けたほうがよい。長時間に渡ると、ひじょうに心を疲れさせる、心を重くする、思考も働かなくなる。これらの音を適度に遠ざけることで、心は生き生きとしてくる、心は軽い感覚となる、自然、思考も活発に働くようになる。

一一五　これからの日本

宗教や道徳を基盤とした人格研鑽の意識も薄く、自分の国は自分で守るという国防の意識も薄く、こういう日本の状態がこれからも続いていくならば、日本は衰退していくしかないだろう。ただ経済活動や便利さの追求のようなことでは、これからの日本の繁栄を創り出していくことはできないだろう。

一一六　生命と使命

本来「生命」と「使命」とは一体のものである。真に己の使命を見出したならば、その活動なくしての自分の生活などは全く考えられないというものになる。その「使命」とは、神があらかじめその人の生命に埋め込んだものだからである。

一一七　努力と成果

個人としては怠ることなく、日々努力精進に務めることが大事だ。しかし、どれだけの仕事の成果が現れるかは、今世の精進のみでは計れないものがある。

一一八　それだけでも

この世の人生を全うするだけでも大変なことである。その年齢になるまで生きてこられたというだけでも敬意を表すべきことである。

一一九　ひとつの通過点

成功を焦ってはならない。成功に有頂天になってもならない。成功はあくまでもひとつの通過点なのである。

一二〇　人生模様

人それぞれ、人生模様は様々だ。他と違っていてよいのである。その人独特の歩みが尊いのである。

一二一　出会い

ひとりの人生にも様々な出会いがあるもの。今現に周りにいる人達。すでに過ぎ去って行った人達。多くの時間を共にした人。一言二言の縁。それらひとりひとりのお力を受けて、今自分は何とかここまで来ることができた。

一二二　天職

いかに成功し、名声や地位、財産を得、実際に世の中の役に立ったとしても、そこに充実感を想像できなければ、それはその人が本来為すべき仕事とは違う。

一二三　神への祈り

人間も動物も植物も鉱物も、その本質は神のエネルギーである。空間も時間も運命も、その本質は神のエネルギーである。それはすなわち、たとえ小さな一個の人間であっても、神への祈りを通して、それらに神の御力を働かせることができるということだ。そして、神の御力とは、限りなき善であるから、それらを限りなき善き方向へと向かわせることができるということだ。

〔平成三十年四月三十日書き終える〕

人生《じんせい》の指針《ししん》 123《ひゃくにじゅうさん》

五十嵐《いがらし》　政行《まさゆき》

明窓出版

令和元年九月一五日　初刷発行

発行者 ―― 麻生 真澄

発行所 ―― 明窓出版株式会社

〒一六四―〇〇一二
東京都中野区本町六―二七―一三
電話　（〇三）三三八〇―八三〇三
FAX（〇三）三三八〇―六四二四
振替　〇〇一六〇―一―一九二七六六

印刷所 ―― 中央精版印刷株式会社

落丁・乱丁はお取り替えいたします。
定価はカバーに表示してあります。

ISBN978-4-89634-404-2

著者プロフィール

五十嵐　政行　(いがらし　まさゆき)

一九六七年生まれ。

いくつかの会社勤務を経て、思想研究、文筆生活に入る。

参考書籍

「言志四録一巻～四巻」　佐藤一斎著／川上正光全訳注
講談社学術文庫